KB130124

참맛

임영석

1961년 충남 금산군 진산면 엄정리 출생. 논산공고 기계과 졸업. 1985년 《현대시조》 봄호에 「겨울밤」으로 2회 천료 등단. 시집으로 『이중창문을 굳게 닫고』 『사랑엽서』 『나는 빈 항아리를 보면 소금을 담아놓고 싶다』 『어둠을 묶어야 별이 뜬다』 『고래 발자국』 『받아쓰기』, 시조집으로 『배경』 『초승달을 보며』 『꽃불』 『참맛』, 시조선집으로 『고양이 걸음』, 시론집으로 『미래를 개척하는 시인』이 있다. 2009년 한국문화예술위원회, 2012년·2016년·2018년 강원문화재단, 2018년·2020년 원주문화재단에서 각각 창작지원금을 받았다. 2011년 제1회 시조세계문학상, 2017년 제15회 천상병귀천문학상 우수상, 2019년 제38회 강원문학상을 받았다. 1987년부터 노동자 생활을 하다가 2016년 희망퇴직을 하고 글만 쓰며 살고 있다.

imim0123@naver.com

참맛

—

초판1쇄 2020년 9월 15일

지은이 임영석

펴낸이 김영재

펴낸곳 책만드는집

—

주소 서울 마포구 양화로3길 99, 4층(04022)

전화 3142-1585·6

팩스 336-8908

전자우편 chaekjip@naver.com

출판등록 1994년 1월 13일 제10-927호

* 임영석 시집 『참맛』은 2020년 원주문화재단 전문가지원 창작기금을 받아 발간하였습니다.

—

ISBN 978-89-7944-739-2 (04810)

ISBN 978-89-7944-354-7 (세트)

책 만 드 는 집 시 인 선 156

참맛

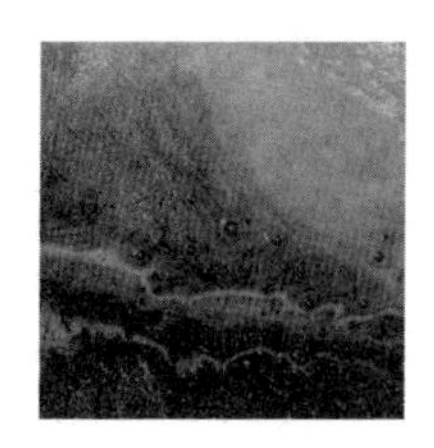

임영석 시조집

책만드는집

| 시인의 말 |

이번 시조집을 내면서 1984년 겨울《현대시조》천료 소감으로 썼던 글을 더듬어보았다. "'진실!' 이 하나를 위해 싸울 수 있는 '나'를 확인하는 데 소와 같은 人生을 살아가리라"라고 다짐을 했었다. 35년이 지난 지금 그 다짐이 유효한지 나 스스로 생각을 해보았다.

참깨꽃은 허공에 꽃을 피워 던져놓고 고소한 맛을 낚아내기 위해 낚시질을 하고, 지구가 기울어져 있다는 것을 알고부터 지구는 스스로 제 몸을 바로 세우고자 파도를 쳐왔다는 사실을 깨달았다. 그러니 나의 과거는 내 생각의 오류였다는 것을 밝혀야 한다는 생각이다.

어떻게 보면 나뭇잎을 갉아 먹는 벌레나 밥을 축내는 나나 별반 다를 바 없는 곤충일 것이다. 제 알을 슬어내기 위해 일생을 바치는 벌레들처럼 나도 내 시를 통해 내 삶을 슬어내고 있다. 벌레들은 계절을 몸으로 읽고 살아간다. 나도 그 벌레들처럼 삶의 계절을 제대로 찾아가고 있는지 모르겠다.

이번 시집도 원주문화재단 전문가지원 창작기금을 받아 출간한다. 그만큼 우리 사회에서 문학이 소외되고 있다는 증거다. 그것을 극복하는 과제로 창작지원을 해주고 있다고 본다. 그 뜻에 작품으로 답하고 싶었다.

끝으로 발문을 써주신 공광규 시인님, 항상 깊은 마음을 전해주시는 백이운 선생님, 어떤 마음이라도 고맙게 받아주시는 김영재 선생님께 감사드린다. 그리고 여기에 다 담지 못한 많은 분들께도 감사드린다. 이번 시집도 부족한 마음이 많다. 그 마음을 풀지 못하고 허공에 꽁꽁 묶어놓고 보니 언제 다 풀어볼까 걱정이 앞선다.

벌써 허공을 풀어내라는 주제가 내 앞에 놓여 있다. 그 허공 천 년을 살아가는 반계리 은행나무처럼 한 해 한 해 열심히 풀어보도록 하겠다.

– 2020년 9월

임영석

| 차례 |

1부 참깨밭에서

2부 풍란을 바라보며

3부 무명가

4부 슬픔보다 기쁨이 더 예쁘다

1부

참깨밭에서

참깨밭에서

누구는 참깨꽃을 범종이라 말을 하고
누구는 참깨꽃을 등꽃이라 말하지만
이 꽃은 고소한 맛을 낚아내는 미끼다

참으로 근사하고 황홀한 방법이다
참깨밭 참깨꽃을 허공에 던져놓고
참맛을 낚아내는 게 말이나 되는 건가

범종처럼 매달아서 등꽃처럼 매달아서
허공에 던져놓고 기다리는 저 배짱은
이 세상 어느 누구도 할 수 없는 낚시다

참맛

말 속에 뼈가 있어도
그 뼈는 귀가 고르고

눈과 코가 못 먹으면
음식이라 할 수 없다

참맛은
뼈 있는 말을
가슴으로 먹는 거다

독초

독초도 어릴 때는
독이 없는 풀이다

제 몸을 지키려고
독을 품은 독초도

그 독을
풀어놓으면
보약이라 말한다

답도踏道*

두 발로 걷지 않고
마음으로 걷는 이 길

발자국 하나 없는
걸음을 걸을 때는

정도正道만
생각하라고
두 발을 다 묶었으리

* 가마를 탄 임금이 궁궐의 월대를 오를 때 지나는 계단. 중앙에 사각으로 봉황이 새겨져 있다.

늦가을에

햇살이 아까워서 말린 곡식을 또 말리고
바람이 아까워서 까분 깨를 또 까분다
이렇게 아까운 것만 자꾸 눈에 들어온다

달빛이 아까워서 새벽까지 잠을 설치고
별빛이 아까워서 발만 동동 구르는데
아내는 아까운 마음 동치미로 담가둔다

안흥 찐빵

안흥의 보름달은 수백 개의 알을 슬어
날마다 가마솥에서 제 새끼를 키워내면
가마솥 불이 나도록 그 새끼를 잡아 판다

보름달이 슬어놓은 안흥 찐빵 얼굴은
눈도 코도 둥글둥글 입도 귀도 둥글둥글
형 아우 구분 못 하게 다 똑같이 생겼다

발바닥 무덤

몽돌의 돌 하나를 발바닥에 숨겨놓고
지그시 밟아보면 파도의 푸른 심장
둥글게 돌돌 감았던 수평선이 풀린다

달그락 소리 나면 달그락 달려가서
휘어진 수평선을 수백 번 당겨놓고
지치면 하얀 분말로 부서지는 파도여!

천수답을 우려내어 허기를 달래놓고
백일홍 꽃잎처럼 피고 지던 그 세월도
발바닥 무덤 속에서 돌의 씨로 남긴다

내외의 짝인 듯이 다정한 두 발자국,
허공을 가로질러 어디로 날아갔는지
발바닥 무덤 하나만 덩그러니 남아 있다

슬픔에 대하여

1
슬픔도 불태우면 한 줌 재가 되겠지만
소리도 나지 않고 형체도 알 수 없어
내 몸의 모든 뼈들이 슬픔처럼 보인다

2
촛불에 불붙이면 둘레는 환하지만
뜨겁게 혼자 우는 마음은 장님이라
제 몸이 타고 있는지 바라보지 못한다

3
한 생이 메아리쳐 돌아가는 계곡마다
울긋불긋 단풍잎은 만선滿船처럼 보이는데
나무는 슬픔의 말을 다 떨구어 버린다

아슬아슬

독 묻은 화살만이 무기라 하지 마라
세월은 독 없어도 화살보다 더 무서워
군왕도 어쩔 수 없이 세월 앞에 다 졌다

생生이란 외줄 위를 아슬아슬 걸으면서
앞에서 부는 바람 옆에서 부는 바람
때로는 회오리바람 견뎌내야 하는 것,

그 많은 사람들이 세상을 살았지만
물속이 좋았는지 물 밖이 좋았는지
아무도 답을 못 쓰고 두 눈을 다 감았다

어제도 아슬아슬 오늘도 아슬아슬
빈집 같은 게딱지를 등에 지고 살다 보니
바람만 조금 불어도 웅크리기 바쁘다

행운목

저 비장함이 행운이라니 믿어지지 않는다
제 몸을 툭 자르고서 사는 게 뭐가 좋아
접시의 물 한 모금을 행운이라 말할까

남 보기엔 볼품없는 한 토막 나무이지만
손과 발이 다 잘려도 놓지 않는 목숨 하나
그것이 행운이라고 푸른 싹을 내민다

행운이란 조각조각 부서진 아픔까지
앞날을 밝혀주는 혼魂불이라 생각하는지
수맥이 잘린 허리에 삶의 얼굴을 묶어둔다

분수

내 사랑도
저러하다

내 이별도
저러하다

솟구친
높이만큼

아프게
떨어진다

떨어져
그대 가슴에

가시처럼
박힌다

돌꽃

너도 꽃
나도 꽃

모두가
꽃인 세상

돌 하나
집어 들고

자세히
바라보니

돌 속에
꽃을 피우려

만 섬 햇살이
쌓여 있다

봄에 1

나무들이
발가벗고
제 욕정을 불태운다

끙끙대는 소리 대신
꽃향기를 풍기는데

아무도
눈치 못 채고
꽃구경만 하고 간다

다 보여도 안 본다

나무는
남자와 여자
모두 함께
살아간다

서로가
볼일 볼 때
다 보이지만
안 본다

옆에서
볼일 볼 때는
다 알아서 눈을 감는다

봄, 복숭아밭

주인도 못 말리고
객은 더 못 말리고

하여, 받침목만
튼튼히 받쳐준다

열두 달 참고 참았던
붉은 울음 다 쏟으라고

저울

정직을 밑천으로
움직이는 저울 눈금

무거우면 무겁다고
가벼우면 가볍다고

당신의 삶의 내력을
정확하게 짚어준다

그릇들

형제처럼 비슷해도
나이가 다 다르다

고려시대 청자 그릇
조선시대 백자 그릇

수백 살 나이를 먹어
귀한 대접을 받는다

눈물

동생이 울 때에는
눈물을 흘리는데

아기 새가 울 때에는
눈물이 안 보인다

엄마 새 걱정할까 봐
눈물부터 감춘다

2부

풍란을 바라보며

남도 길

남도 길 걸어갈 때
풀꽃은 밟지 마라

밟아도 나비처럼
꽃향기만 밟아라

남도 길
풀꽃 속에는
피지 않은 꽃이 있다

숨고르기*

–박노해 시인에게

1

고통을 숨 고르고

아픔을 숨 고르고

거짓을 숨 고르고

진실을 숨 고르고

떠오른 해와 달처럼

밝은 빛은 없었다

2

돌도 어느 때는

침묵의 가슴에서

분노를 삭이다가

뱀이 되고 용이 될 때

석공의 망치 소리에

숨 고르고 나온다

3

활시위는 당겼을 때
날아갈 힘을 얻고
노는 저었을 때
물 위를 떠가지만
맹수는 달리기 전에
숨소리부터 고른다

* 박노해 시인이 매주 화요일 자신의 시 한 편을 소개하는 메일링 서비스 제목.

유전도遺傳圖

새치 몇 개 나 있을 땐 그러려니 놔뒀는데
백발이셨던 아버지를 그대로 닮고 보니
저 별이 어둠 속에서 왜 빛나는지 알겠다

수평선 하나 긋고 돌아오는 파도처럼
내 몸속의 아버지는 날마다 찾아와서
결 고운 은빛 머리에 유전도를 그려준다

막막한 세상살이 그 끝이 안 보이지만
아버지가 그려주신 유전도의 지도 속엔
이정표 하나 없는데 세월은 참 잘 지나간다

일벌에 대하여

일벌의 수명은 고작 육십 일뿐이란다
신은 이 일벌에게 무슨 사명司命을 주었는지
꽃들의 연애사까지 속속들이 알게 한다

일벌의 짧은 수명 그 이유를 알아보니
꽃들의 자궁 속에 흘레질한 비밀 하나
영원히 묻어두려고 제 목숨을 버린다

겉으로는 일만 하다 죽어간다 말하지만
꽃들이 많은 달에는 채 한 달도 다 못 살고
꽃들의 유혹에 빠져 과로사로 죽어간다

물오리 화공 일기畵工日記

–행구동 수변공원에서

오늘은 날이 흐려 치악산이 안 보인다
물오리 머리 박고 치악산을 그리다가
둥그런 하늘 한쪽은 빗방울로 채워둔다

아이가 걸어가자 아장아장 걷는 모습
덤으로 그려놓고 제 짝을 바라보니
올해는 새끼 오리가 새 화공이 되겠다

살구꽃잎, 잎들을 어떻게 다 셌는지
물 밖의 나무들과 똑같이 그려놓고
살구꽃 휘날리는 것 그것마저 그린다

행구동 수변공원 물오리 화공들은
어젯밤에 지나갔던 봄비의 푸른 감정
찬란히 그려놓고서 꽃구경을 하러 간다

풍란風蘭을 바라보며

나, 지난 반세기를 미숙아로 살았으니
이제 남은 반세기는 그 허물을 덮기 위해
바람만 먹고 자라는 풍란처럼 살고 싶다

돌의 허리 껴안고서 침묵도 배워보고
일렁이는 바람 따라 꽃 한 송이 피워놓고
돌 속에 숨겨진 웃음 까르르르 듣고 싶다

세상에 풍란만큼 깨끗한 게 무엇일까
바람 속의 물만 먹고 고운 향기 토해내니
그 속은 보지 않아도 수정처럼 맑으리라

밥 한 끼에 목숨 걸고 이리 뛰고 저리 뛰며
종종댄 삶의 걸음 뒤돌아서 다시 보니
갸우뚱 뿌리 내리고 살아가는 풍란 같다

추억

살 떨리는 추위에도 재를 넘고 내를 건너
외갓집 앞마당에 두 발을 내디디면
할머니 따뜻한 손이 나를 먼저 반겼다

코흘리개 내 얼굴을 속치마로 닦아주며
정월 그믐 그 어둠을 십 리 밖에 밀어두고
어머닌 외할머니와 긴긴밤을 다 새웠다

가난에 서러웠던 어머니의 손을 잡고
화롯불을 다독이듯 어머니를 다독이며
삼경三更의 이른 닭 울음 그 트집을 다 잡았다

어제 같은 그날들이 반백 년이 다 지나서
고향 같은 타향에서 꽃잎처럼 바라보니
오롯이 내 것이 되어 열매처럼 익어 있다

어쩌다 고향 하늘 말없이 바라보면
외할머니 모습처럼 쏙 빼닮은 어머니가
첩첩 산 넘고 넘어서 둥근 달로 떠 있다

해 걸음 단상斷想

1

해를 보면 그 걸음이 느린 듯 보이지만
해의 걸음 발자국에 발목이 붙잡히면
아무리 어린 새싹도 그 길을 다 가야 한다

2

산 같은 강물들이 천년을 흘러갈 때
강물 같은 울음들이 산처럼 높아져서
해 걸음 막아보지만 굽이굽이 다 헐린다

3

돌부처도 하루 한 번 꽃잎 같은 밥 먹으며
눈부신 해를 보고 제 걸음을 옮기지만
그림자 흉이 될까 봐 한 걸음도 못 걷는다

4

해바라기 그림자는 해를 따라 빙빙 돌고
달맞이꽃 그림자는 달을 따라 돌지마는
원각사 십층 석탑은 하늘길만 걷는다

5

돌 하나 쌓아놓고 마음을 다 비는데
꽃들을 피워놓고 걸어가는 해의 걸음
그 걸음, 걸음 속에는 알 수 없는 일만 있다

사과를 먹으며

사과를 쪽 쪼개면
달빛도 숨어 있고
별빛도 숨어 있고
새소리도 숨어 있다

그 마음
사랑한다고
뿅뿅 하트를 날린다

사과를 한 입 물면
내 입의 이빨 자국
으르렁댄 그 모습이
그대로 드러난다

아무리

물고 뜯어도

아프다고 말 안 한다

나무

나무도 귀가 있다
소리를 다 듣는다
비 오면 빗소리를
눈 오면 눈의 소리
날마다 듣고 들어서
제 마음을 키운다

나무도 입이 있다
노래를 다 부른다
봄이면 새록새록
가을이면 알록달록
가슴의 노랫소리를
고래고래 내지른다

해바라기꽃을 보며

해바라기 꽃씨들은 층층이 다 점인데
얼마나 많은 나날 햇빛을 보았으면
눈멀어 그린 점들을 그 씨로 다 남길까

점박이 강아지도 해바라기 곁에 놀다가
해바라기 따라 돌며 등허리가 다 점인데
점박이 검은 점들이 해바라기씨 같다

해바라기 키를 닮은 해바라기 그림자는
층층 쌓은 돌담에서 수직으로 꺾이고도
아프다 말을 안 하니 저녁노을이 대신 운다

북

살가죽 다 헐어서
만들어진 쇠가죽 북,

냉이꽃 밟았던 일,
어린 풀잎 먹었던 일,

얼마나 미안했으면
북소리로 갚아줄까

괄호

순서를 지키라고 묶어둔 숫자들이
더하고 곱하면서 만들어낸 물음들이
제 몸의 수갑을 푸는 열쇠란 걸 모른다

괄호는 마음으로 읽어내는 와이파이
네가 내게 쏘아주면 나는 네게 쏘아주어
천 리 밖 귀엣말까지 소곤소곤 전해준다

메르스

–낙타는 죄가 없다

사막의 길이라고 왜 아프지 않겠는가
아파도 너무 아파 입 밖으로 다 토하고
허물을 벗고 벗어서 온몸이 다 하얗다

동냥젖 얻어먹듯 자라는 모래산이
깨끗함과 눈부심을 자랑이라 내세우면
그 위에 하늘의 별은 꽃잎 같은 말만 한다

낙타는 죄가 없다 아무런 죄가 없다
새들도 먹지 않는 사막 눈물 마주 보며
마음의 바다 쪽으로 걸어왔을 뿐이다

독보다 더 독한 독, 고독을 등에 지고
천리만리 걸었으니 온몸이 다 독毒일 건데
그 독을 풀지 못하고 원망부터 하는가

씨앗을 보며

이 세상 도둑들이 하나둘이 아니다
제 몸을 쳐야 우는 북소리도 그렇고
제 살을 파먹고 자란 씨앗들이 다 그렇다

이제 겨우 두 살배기 손자를 바라보니
손에 쥔 것 놓지 않고 제 것이라고 우기는데
도둑이 아니고서야 할 수 없는 행동이다

남의 것 훔쳤다고 손가락질을 하지 마라
이미 우린 태어나며 도둑질을 다 배워서
눈부신 태양을 보면 눈을 뜨지 못한다

거울을 보며

거울의 반대에는 나 아닌 내가 서서
손짓도 눈웃음도 그대로 따라 하며
집 없는 마음 하나를 제비 집처럼 짓는다

살아온 생을 봐도 나를 닮은 내 모습이
궁색한 변명으로 영혼이 되어가는데
거울은 의미 말고는 보여주지 않는다

낭만이라는 옷 한 벌, 가식이라는 피부조직
내가 본 내 거짓을 완벽하게 꾸며놓고
세상사 뒤집어 보면 옷 한 벌이 더 있단다

영혼은 미숙아로 기억은 입체적으로
소요와 소멸 사이 나란히 세워놓고
거울의 두 귀는 모두 퇴화하는 중이다

나무의 달리기

숲에 가면 나무들의 숨소리가 가득하다
한 걸음 한 걸음이 끝이고 시작이라
몇 년을 달렸는데도 제 자리를 못 떠난다

스스로가 스스로를 쫓고 쫓는 달리기는
감옥 아닌 감옥으로 외로움의 극치지만
나무는 뛰던 걸음을 멈추지를 못한다

나무의 고질병은 길도 없는 길에 서서
하마 같은 불덩이를 이겨내는 고집이다
그 몸을 만들기 위해 달리기를 하는 거다

잘못된 오류들

1. 시간

이 지구가 저 태양을 수천만 년 돌았는데
아직도 해가 뜬다고 말하며 살아간다
시계는 그 생각들을 바꾸려고 만든 거다

2. 화무십일홍

꽃이 피어 십 일밖에 안 간다고 말하는데
일 년 내내 꽃만 피어 있다고 생각하면
열매는 먹지 못한다 굶주려야 하리라

3. 돌의 침묵

침묵의 대명사를 바위라 말하는데
바위도 움직이고 말하며 살아간다
땅속의 마그마들이 바위들의 심장이다

3부

무명가

무정란 앞에서

–유안진 시인의 「계란을 생각하며」를 읽고

스스로 터트리면 병아리로 태어나고
남이 터트리면 프라이가 된다는데
그 시를 읽고 나서는 내가 나를 다시 본다

시인은 어디까지 마음을 드러내고
시인은 어디까지 생각을 감추어야
물소리 바람 소리가 하나라고 느낄까

세상의 절반은 늘 어둠에 싸여 있고
나머지 절반은 늘 살기 위해 싸우는데
무정無情한 세상이라고 무정란無精卵만 보인다

싹이 트는 씨앗이면 안개 같은 꿈도 꾸고
세상을 바라보며 무딘 날도 갈겠지만
제 몸의 소신공양이 환골탈태라 믿는다

관음사 백팔염주*

상좌常坐한 백팔염주
둥근 몸을 서로 꿰어

만자 만卍 둘레 아래
발걸음을 따라 돌며

손으로
돌릴 수 없는
염주 알을 굴려본다

이 하나의 크기로도
바위 같은 무게인데

만자 만 백팔염주
윤이 나게 돌리시며

빙그레
웃고 계시는
관음사의 부처님

* 원주 치악산 관음사 백팔염주는 재일 교포 사업가가 통일을 염원하며 기증한 염주로 국내에서 가장 크다고 알려져 있다.

낙일樂軼

내일 해가 아니 뜰까 걱정은 안 되지만
눈 속에 묻혀 있는 꽃나무 가지 사이
꽃망울 꽁꽁 얼어서 아니 필까 걱정이 된다

산 넘고 물 건너서 봄이 오고 있다는데
내 눈엔 저 달빛이 꽁꽁 얼어 부서지니
봄소식 들고 오는 이 발이 얼까 걱정이다

걱정도 아닌 것이 걱정으로 자릴 잡고
주름살만 늘리면서 살았다는 이씨 영감,
낙일의 생이라면서 웃는 이齒가 다 빠졌다

먹이사슬

풀잎은 토끼들이 무섭지만 꾹 참는다
토끼는 여우들이 무섭지만 꾹 참는다
아무리 무섭다 한들 사람만큼 안 무섭다

탁본

내 삶을 탁본 뜨면 어떤 모습이 보일까
저 별도 어느 누가 검은 먹물 탕탕 찍어
탁본을 곱게 뜨는데 그 빛이 너무 곱다

오늘 밤 내 마음에 먹물을 찍어 바르고
얼마나 밝은 빛의 등불이 보이는지
탁본을 뜨고 뜨는데 검고 검은 어둠뿐이다

저 별들 수만 년을 허공에 떠돌면서
세상일 다 보고도 못 본 척 두 눈 감고
외로운 사람 가슴에 매일 와서 놀고 간다

푸른 만장輓章

나무들은 제 목숨에 이유를 달지 않는다
살아서 푸른 만장 제 목숨 앞에 내걸고
목숨을 가져가려면 가져가라 말한다

향나무 소나무는 제 잎을 확 못 펴서
염주 알로 구르다가 서까래를 떠받치다가
마음을 가꾸는 사람 등신불로 와 앉는다

사람이 죽어 가도 만장 하나 없는 세상,
산속의 나무들만 푸른 만장 휘날리며
살아서 아름다운 날, 장례식을 치른다

무명가無名歌
– 내 고향 칠백의총에서

모래알 몇 짐 붓고
자갈도 몇 짐 붓고
시멘트도 두어 포 붓고
물도 몇 통 부었더니
무골無骨의 세상 것들이
단단한 힘이 된다

눈에 불도 못 켜면서
가슴에 불도 못 지르면서
손에 장도 못 지지면서
꿔다 놓은 보릿자루처럼
세상을 살았던 아픔
서로가 다 토해낸다

세상의 절반을 뚝
떼어줘도 서운한데

이곳에 묻힌 영혼은
목숨을 다 내주고
끝끝내 하나가 되어
무명가를 부른다

세상 끝

어둠이 가득하다고 어두운 밤 아니듯이
물속에 산다 하여 젖은 몸이 아니듯이
마음이 앉지 못하면 그 자리가 밤이다

흰 구름이 있다 하여 하늘 끝이 아니듯이
수평선이 있다 하여 바다 끝이 아니듯이
서로가 믿지 못하면 그 자리가 끝이다

절망이란 절벽에는, 고독이란 허공에는
수만 번 왔다 가는 메아리의 길 외에도
세상 끝 아니라 하는 별빛들이 빛난다

배꽃이 필 때

눈이 녹아 알 수 없는 발자국을 찾으려고
배나무는 가지마다 배꽃을 피워놓고
세월의 발자국 하나 찾기 위해 덫을 놓는다

그런데 배밭 주인 시력이 안 좋은지
배꽃이 다 지는데 흔적 하나 못 찾고
스스로 고립이 되어 배밭에만 붙어산다

몸 한 번 구부렸다 펴야 가는 벌레처럼
어디에 서 있어도 눈에 띄는 배밭 주인,
배꽃이 만들어놓은 배밭의 애벌레다

벗에게

술맛도 내 몸에서 이겨내야 제맛이고
음식도 내 입에서 잘 씹어야 참맛인데
욕망을 가득 물고서 무슨 맛을 볼 것인가

그대의 무욕無慾 앞엔 사는 맛이 깊을 거고
그대의 과욕過慾 앞엔 쓴 입맛이 밸 건데
입맛이 있고 없는 게 어디 혀만 탓할 일인가

내 시는

벌들도 한 번 쏘면 쏜 침이 빠져나가
목숨을 버리고서 죽어간다 말하는데
내 시는 아무리 써도 그런 독이 하나 없다

물도 끓다 보면 제 몸을 달달 볶아
허공을 오르고자 몸부림을 다 치는데
내 시는 끓고 끓어도 내 맘 하나 못 익힌다

내 시는 애초부터 나뭇잎이나 갉아 먹고
때 되면 알을 슬어 살아가는 벌레인지
오늘도 송충이처럼 내 가슴만 물어뜯는다

봄에 2

봄이 와서 꽃이 필까
꽃이 피어 봄이 올까

창살 없는 감옥이라
보이는 게 다 벌罰인데

어떻게 꽃만 피우고
살아가라 말하는가

저 늙은 느티나무
천년 동안 혼자 서서

가는 봄 오는 봄을
몸에 꽁꽁 숨겨놓고

만 바퀴 걸었던 길을

제 둘레에 펴놓는다

목련꽃을 보며

외로움을 지키느라 두려웠을 목련나무,
그 마음 아는 이가 다녀간 이후부터
목련은 봄만 되면은 지극정성을 다한다

한 생의 디딤돌이 별빛은 못 되어도
슬픔을 밀어내고 기쁨을 완성하는
목련꽃 송이송이가 등불처럼 환하다

얼마나 많은 이가 이 꽃을 바라보며
눈에 눈물 담았으며 손에 소망 빌었을까
비 와도 젖지 않았던 내 소망도 빌어본다

달의 무게

밤하늘에 떠 있을 땐 가볍기가 솜털 같고
물속에 떠 있을 땐 무겁기가 바위 같아
크기를 자로 재보면 거짓말처럼 똑같다

어둠보다 가벼우니 허공에 둥둥 뜨고
바람보다 무거우니 솔잎 끝에 걸려 있지만
그 무게 바로 아는 건 달을 그린 화공畵工이다

천년을 맴돌아도 그 달이 그 달이지만
비우고 채우면서 마주했던 그 많은 날
어둠의 치사랑만큼 무거워진 달의 무게

오죽烏竹도 휘어놓고 바다도 휘어놓고
반듯이 걷던 사람도 허리를 다 휘어놓고
스스로 굽혀 살라고 밝은 빛만 내려준다

아무리 가까워도

아무리 가까워도 가질 것이 따로 있다
발바닥을 찌른 가시 내 것이라 하지 말고
아무리 바쁘더라도 뽑고 나서 걸어라

아무리 가까워도 들을 것이 따로 있다
두 눈을 다 가리고 숲의 소리 들을 때는
들어서 안 될 소리는 숲에 놓고 오너라

아무리 가까워도 담을 것이 따로 있다
눈으로 본 풍경을 쓸고 닦고 담아내도
두 눈에 흐르는 눈물은 가슴에만 담아라

모두 함께

찌르레기 함께 모여 하늘을 날고 있다
한 마리는 점이지만 모여서 날아가면
그대로 넓은 하늘이 찌르레기 세상이다

멸치 떼가 함께 모여 헤엄을 치고 있다
한 마리는 너무 작아 티끌처럼 보이지만
떼 지어 헤엄을 치면 범고래도 피해 간다

나무도 한 그루는 산을 넘지 못하지만
한 그루 한 그루가 등을 기대 걷다 보면
아무리 험한 산맥도 나무들의 길이 된다

바다 한 쪽

갈매기가 바다 한 쪽, 뚝 떼 물고 날아간다
제 입의 크기만큼 물어뜯은 그 자리에
별빛이 와서 눕고는 떠날 줄을 모른다

해안가 파도들이 제 분을 못 참고서
별빛을 밀어내려 아우성을 쳐대지만
등대는 제 자리 서서 알은체도 안 한다

어부는 그 바다에 그물을 펴보지만
별빛은 다 놓치고 주워 담은 파도 소리
반백 년 세월이 흘러 문신처럼 새겨졌다

귀

고흐는 귀를 잘라 제 그림을 지켰고
베토벤은 귀를 막아 제 음악을 지켰다
소리를 들으라는 귀, 나도 이제 버리겠다

그간 들은 많은 말이 내 몸에 독이 되어
열 걸음을 앞세워도 듣지 못하는 내 발자국
스스로 포로가 되어 앞만 보고 걷겠다

어제가 총알처럼 내 목숨을 가져가도
총소리를 못 들었다고 후회하지 않으리라
두 귀를 버린다 하여 이 봄 꽃이 안 필까

4부

슬픔보다 기쁨이 더 예쁘다

슬픔보다 기쁨이 더 예쁘다

물만 먹고 자라는 콩나물을 키워보면
슬픈 날 물을 주면 슬프게 자라지만
기쁜 날 물을 주면은 기쁜 만큼 키가 큰다

물은 항상 그 물이고 내 마음이 다른데도
콩나물은 물속에서 내 마음을 알아내어
기쁘게 물을 안 주면 물 한 모금 안 먹는다

봄마다 꽃이 피는 꽃나무를 바라보면
울고 있는 나무보다 웃고 있는 나무들이
꽃들도 먼저 피우고 향도 곱고 더 예쁘다

이장移葬을 하며

다섯 살에 죽었다는 아버지를 본다는 건
땅속의 아버지가 살아서 나오거나
내가 콱 죽지 않고는 있을 수 없는 일이다

반백 년 세월 동안 땅에 묻힌 아버지가
날 보러 나왔으니 기가 막힐 노릇이지만
다 삭은 유골인데도 내 가슴이 팍 멘다

죽어서 나왔으니 살아 있는 내 차례다
그때까지 아버지는 내 눈 속의 등신불로
보고도 못 보는 것을 바라보게 해준다

칠 남매 자식들이 뿌린 씨가 백여 명,
일찍 죽어 못 봤으니 하루쯤 외출하여
내 새끼 똥강아지들 불러보는 하루였다

미륵불 앞에서

–원주 귀래면 주포리 미륵불

저 미륵도 처음에는 단단한 돌이었고
그 돌을 깨고 나와 품어온 이 세상이
황사로 앞을 가려도 보는 눈이 따로 있다

길은 늘 길 위에서 방향을 잃고 나서
어디로 가야 할지 망설이는 내 가슴에
삶이란 돌덩이 하나 덩그렇게 내놓는다

나는 언제 돌을 쪼아 저 미륵을 만들 거며
나는 언제 세상 모습 황사처럼 다 가릴까
저 미륵 만든 사람은 이미 부처 되었겠다

거북 돌
–연평도 거북바위

슬픔의 항구에는 깜박이는 불도 없다
뱃길도 닫지 않아 등댓불도 없는 마을
안개만 자욱이 끼어 늦둥이만 많은 마을

어느 해는 불길처럼 태풍이 왔는데도
길도 없는 하늘에서 저 혼자 빙빙 돌다
해안가 거북바위에 화풀이만 하고 갔다

아무리 큰 바람도 이길 수 없는 거북 돌
남과 북이 제 땅으로 서로 오라 손짓해도
물 밖에 나갈 수 없어 두 눈을 꼭 감는다

꽃병을 바라보며

이렇게 쉬어 갈 걸 왜 그렇게 종종댔나
씨 안 맺으면 어떻다고 땡볕에 서 있었나
마음의 오두막들이 어둠 속에 잠긴다

벗들은 제 살길을 찾아서 떠나가고
고향은 타향으로 다 기울어져 가는데
언제나 망부석처럼 서 있는 빈 꽃병

친구들 생각나면 꽃 한 다발 사가지고
망부석 꽃병에다 꽃들을 꽂고 보면
아직도 피고 있는지 옛 모습이 은은하다

단풍

파도 같은 청춘도
붉은 노을에 잠기면

물방울을 튕기다가
손짓을 멈추고서

갈매기 날아간 자리
쓸고 닦고 비워둔다

포도알

무엇이든 잘하면 붙여주던 포도알,
어릴 때는 포도알이 줄줄이 달렸는데
크면서 포도 그림은 여백이 더 많다

잘하고 살았는지 잘못하고 살았는지
꽃 같은 포도알은 어디에 숨었는지
아버지 사진을 보니 숨긴 곳은 내 몸이다

시 메일을 쓰며

새벽마다 일어나서 시詩 거울로 나를 보면
소경도 되어 있고 불꽃도 되어 있어
어느 게 참모습인지 구별되지 않았다

강물로 뛰어들고 하늘로 날아가는
빛들의 발자국을 찾아 나선 지난 세월
층층이 다시 펴보니 넉잠을 잔 누에 같다

그동안 읽은 책이 내 삶의 무게라면
졸음을 쫓아내고 게으름도 떼내려고
눈 도끼 수만 자루를 부러트린 게 안 아깝다

넉잠 잔 누에처럼 금실 은실 칭칭 감고
죽은 듯 살다 보면 꽃향기를 찾아가게
눈부신 날개 하나는 내 몸에도 나겠지

어머니와 나

어머니는 땅속에 있고 나는 땅 위에 있고
어머니는 밥 굶고 살고 나는 밥 먹고 살고
눈뜨면 배고프다고 밥 찾는 건 항상 나다

벽에 있는 어머니는 말 한마디 안 하시고
땅에 있는 나는 이 말 저 말 다 하는데
언제나 불평불만은 내 입에서만 나올까

어머니는 홑저고리 하나 입고 웃으시고
나는 늘 이 옷 저 옷 갈아입고 사는데도
마음의 근심은 항상 내 눈에만 고여 있다

거돈사지居頓寺址에서

절이 크고 웅장해도 허공에 지은 절들은
빗방울 하나에도 휘어지고 삭았는지
거돈사 절 마당에는 내린 눈도 안 쌓인다

층층 삼층 탑과 원공국사圓空國師 부도비浮屠碑만
세월을 이겨내어 힘겹게 서 있는데
적멸의 뜻 하나 세워 무너진 절을 짓고 싶다

앞산과 뒷산에서 흐르는 침묵으론
천 년 가도 안 무너질 기둥을 세워놓고
산 넘어 흐르는 물을 지붕으로 삼고 싶다

강물을 지붕 삼아 지어놓은 절이라면
부처도 매일 와서 기도하고 갈 것인데
침묵이 물의 지붕을 떠받치고 서 있을까

정성이 부족하여 달아난 처마 지붕
마음이 부족하여 쫓겨난 스님까지
거돈사 절에 돌아와 성불하고 떠나길…

고달사지高達寺址 승탑僧塔* 앞에서

바람도 봄바람은 고달사 절에 오면
한 사흘 머물면서 돌이 되고 싶을 건데
무엇을 잘못했는지 매만 맞고 돌아선다

살구나무 옆구리도 챙기지 못한 나는
고달사 승탑 앞에 아이처럼 무릎 꿇고
돌 속의 용 한 마리를 몰래 꺼내 만져본다

세상일 나 몰라라 지켜보던 돌거북도
제짝처럼 찾아와서 떠나는 바람에게
돌 속의 답답한 마음 몇 짐 지어 보낸다

아, 나도 내 마음을 저 돌처럼 헐어내면
온몸을 칭칭 감은 이 업보를 탓 안 하고
바람이 찾아오면은 미련 없이 떠나갈까

* 국보 제4호로 경기도 여주시 고달사 터에 있는 승탑. 화강암제로 통일신라 말 또는 고려 초에 건립한 것으로 추정되며, 원감대사의 묘탑이라 하나 확실하지 않다.

낮과 밤

낮과 밤
어느 쪽이
더 무겁고 가벼울까

그 무게
잴 수 있는
저울을 만든다면

지구도
기울지 않고
바로 설 수 있을 텐데…

사랑의 삼원색*

빛의 삼원색은 빨강 파랑 초록이지만
사랑의 삼원색은 꽃 같은 마음으로
그대의 가슴 하나를 사로잡는 일이다

무엇을 들었어도 무엇을 보았어도
그대의 눈과 귀가 본 대로 들은 대로
똑같은 마음의 집을 가슴속에 짓는 거다

그대가 물이라면 바다 같은 마음으로
그대가 불이라면 굴뚝같은 마음으로
그대와 한 몸이 되어 살아가는 일이다

두 눈을 감으라면 두 눈을 감아주고
두 손을 자르라면 두 손을 자르고서
그대가 가라고 하면 그곳으로 가면 된다

* 미국의 심리학자 스턴버그Sternberg의 삼각형 이론으로 친밀함intimacy, 열정passion, 약속commitment의 3요소로 구성되어 있다고 한다.

가마솥에 불을 때며

가마솥에 물을 담고 펄펄펄 끓여보면
물도 속마음을 주르르 내보인다
솥뚜껑, 물의 고백에 저도 그만 함께 운다

쌀을 안친 솥단지나 열매를 매단 나무나
엉덩이를 수백 도로 달구고 달구어야
달콤히 먹는 열매가 익는 것을 알고 있다

제 몸의 뜨거움에 익는 맛이 무너질까
가마솥 솥뚜껑은 부르르 몸을 떨며
상형의 전서全書 같은 글 수백 번을 쓰고 쓴다

불 맛에 길들여진 엉덩이의 고집처럼
견디고 참으면서 익혀내는 일 외에는
세상의 어느 것에도 눈독 들이지 않는다

명바우* 생각

모퉁이를 가로막고 서 있던 바윗돌이
굽은 길을 펴기 위해 부서지고 깨지던 날
몸속의 단단한 힘을 다 버리고 떠났다

소리 한 번 안 지르고 과묵했던 돌의 입이
탕, 탕, 탕 달아나며 산속에 숨더니만
봄 되면 뻐꾸기처럼 내 가슴을 울린다

명바우 모퉁이가 사라진 고향길은
아무리 반듯해도 이 빠진 아이처럼
입 속에 숨긴 말들을 내뱉지 못한다

명바우 바위 밑에 집을 짓고 살던 제비
박씨를 물어 와도 놓을 곳이 없다 보니
뻥 뚫린 하늘인데도 날아오지 않는다

* 필자의 고향 마을에 있던 바위로, 길을 반듯하게 포장하면서 사라졌다.

세상이 바뀌니

1. 공중전화

나도 한때 독방에서 투쟁한 투사였다
외롭고 추웠지만 네 목소리로 견뎌냈다
불순한 과거의 행적 말 안 한다고 죽었지만,

2. 전기요금

여름이면 집집마다 폭탄을 안고 산다
무더위를 쫓으려고 틀어놓은 에어컨이
주휴에 초과 수당을 더 달라고 난리다

3. 경제

물고기가 물 없다고 물 밖은 안 나간다
물 많으면 물고기를 더 힘들게 잡는다
그것을 아는 사람은 가뭄에 모 안 심는다

꽃의 독립선언문

한 톨의 작은 씨도 제 씨앗 밖으로는
제 땅을 만들어서 살아가야 하기에
꽃향기 가득 내뿜어 국경선을 만든다

벌 떼처럼 꽃을 피워 살아가는 꽃이 있고
세상의 어떤 힘도 다가설 수 없도록
고고한 꽃대 하나로 살아가는 꽃이 있다

꽃들의 독립선언은 그래서 다 다르다
물속에 사는 꽃은 그 깊이만큼 외쳐대고
땅 위에 사는 꽃들은 넓이만큼 외쳐댄다

꽃들의 독립선언은 지칠 줄을 모른다
때 되면 찾아와서 악착같이 외쳐대고
끝없이 짓밟히고도 물러서지 않는다

몸으로 말을 하건 향기로 말을 하건
꽃들은 제 몸을 다 깃발로 만들어서
내 세상 이루었노라 소리소리 외친다

회상回想

내가 맨 넥타이는 지금까지 여남은 번,
형제들 식 올리고 아들놈 장가보내고
그리고 문학상 타는 날 매본 것이 전부다

작업복에 안전화에 계측기를 손에 들고
굴러다닐 자동차의 부품들을 검사하며
눈으로 보이지 않는 실금까지 봐야 했다

한 토막의 홍정으로 밀린 잠을 계산하고
낮과 밤을 바꾸어서 살았던 그 세월이
조용히 집에 가라는 신호인 줄 몰랐다

나도 한때 피가 돌아 장미꽃도 꺾어보고
돌을 주워 던지면서 투쟁가를 불렀지만
빈 독에 머리 처박고 밥만 축낸 놈이었다

세상이 흔들려서 파도치는 줄 알았는데
달빛의 무게만큼 기울어진 이 세상,
제 몸을 바로 세우려 몸부림친 거였다

천사와 도둑

도둑은 숨어도 도둑!
천사는 숨어도 천사!

하늘 아래 산다 해서
똑같다고 생각 마라

마음에 금 그어보면
그 피가 다 다르다

좋은 일을 하다 보면
피가 나도 안 두렵고

나쁜 짓 하다 보면
피가 날까 늘 두렵다

천사는 제 살의 피를

그늘처럼 다 내준다

돌

돌을 주워 만져보다가 굴러온 길을 생각한다
자드락길이 아니어도 비단길이 아니어도
하늘의 새털구름을 수만 번은 품었으리

진달래꽃 피는 봄은 내출혈로 쓰러지고
강물이 범람하면 사라진 길을 찾다 찾다
오백 리 은하수 길을 갈 길인 듯 바라본 돌

내 삶이나 이 돌이나 외롭기는 매한가지,
바위 같은 부모 잃고 떠돌고 떠돌다가
던져도 미련이 없는 조약돌이 되었다

물속이든 불 속이든 주저 없이 뛰어들어
씻기고 달구어져 속을 다 보였으니
이제는 어디에 놔도 부서지지 않으리

햇빛 한 채
-행구동 느티나무*

천 년을 살았어도 가진 것은 햇빛 한 채,
그 햇빛 그늘에는 천 년이 숨어 있어
어디를 바라보아도 다 문이고 길이다

가로세로 그 높이가 자랑은 아니지만
자세히 바라보면 딱딱한 껍질들이
윤회의 발자국처럼 다닥다닥 붙어 있다

오고 가고 가고 오며 흔들렸던 그 시간이
소리로 환산하면 귀를 찢고 남을 건데
행구동 느티나무는 벌레 한 마리 못 죽인다

깨달아 얻는 것이 화엄이고 평화라면
세월을 층층 쌓아 지어놓은 햇볕 한 채
이 집의 아름다움이 극락이고 지옥이리라

* 1982년 11월 13일 원주시 보호수로 지정된 수령 1000년의 느티나무. 수고 28m, 둘레 890cm의 건강하고 우람한 나무로 살아가고 있다.

하늘

한 뼘의 칼을 갈아 날을 세운 모습처럼
어떻게 저 하늘은 둥그런 칼을 갈아
사람을 꼼짝 못 하게 가두어 놓았을까

별의별 궁리 끝에 만들어 놓았겠지만
푸른 칼날 그 모습은 불멸의 신비 같다
빗방울 하나하나가 그 모습의 증거다

바다는 물이 있어 푸르다고 말하지만
하늘은 물도 없이 깊이를 간직해서
어디가 끝인지 몰라 두 눈을 감고 죽는다

하늘로 날아갔다가 돌아오는 새를 보면
사과가 떨어지는 질량의 크기만큼
두 눈에 하늘이라는 그리움이 가득하다

| 해설 |

물아일체의 비유적 방식과 심상 그리고 허공과 불교적 사유

공광규 시인

1

1961년 충남 금산 출생인 시인은 1985년 《현대시조》 봄호에 2회 천료 등단을 하였으니 제법 이른 나이에 문단에 얼굴을 내민 시인이다. 20대 초중반의 등단은 어느 정도 천부적 재능을 부여받아야 가능할 것이다. 평범한 재능을 가진 사람들은 문학이나 시가 무엇인지 감히 가늠하지 못할 나이다. 이렇게 등단하여 그간 낸 시조집과 시집이 열 권이고 시론집이 한 권이다.

한국 시단에서 임 시인은 등단 이후 일정한 수준을 유지하며 지속적으로 시를 열심히 발표하는 시인 가운데 하나다. 그는 하루 한 편의 시를 깊이 읽고 감상하여 동료 시인과 동료 노동자들에게 이메일을 보내는 시 보급운동을 한 적이 있다. 무려 4500회에 달하는 시 메일을 보냈다니 꾸준함이 놀랄 만하다.

임 시인은 등단 이후 현재까지 쓴 대표작 여덟 편을《시조시학》2020년 여름호에 발표했다. 시인 자신이 선정한 대표작들은 「초승달을 보며」「의자론論」「단상, 다섯 개」「고양이 걸음」「배경」「무언無言」「아슬아슬」「고향시초故鄕詩抄」 등이다. 거기다 신작 「씨앗을 보며」「귀」「미륵불 앞에서」를 발표하고, 자전적 시론인 「그저 무식하게 살았다」를 발표했다.

필자는 위에 언급한 대표작과 새로운 작품 세 편을 조명하는 작품론 「임영석 시의 주제와 창작 방식 몇 가지」를 썼다. 시인의 대표작들과 신작 시들을 만난 지 얼마 되지 않았는데, 다시 신작 시집 해설을 쓰는 기회를 얻게 된 것이다. 등단이 오래된 시인의 신작 시들을 가까이서 바라보고 조망해 보는 감회가 남다르다.

지난 작품론에서 필자는 "임영석은 언어유희를 통한 희언적 방법, 극적 대비를 통한 맑은 심상의 구현, 자신의 근원을 들여다보고 바라보는 자아성찰, 사람의 운명이나 인생의 비의를 암시하는 진술, 추상적 언술을 통한 상

징성을 강화하는 다양한 방식으로 시의 주제를 구현하고 있"음을 확인하였다. 중견에 이른 시인이 "관찰하고 표현하는 다양한 주제들이 다양한 창작 방식들을 통해 통제되어 공감과 의미를 형성하고 있다"는 결론을 내렸다.

2

임영석은 자연현상이나 동식물의 생태를 자신이나 보편적 인간의 사건으로 수렴하고 비유한다. 시집 '시인의 말'에서 "어떻게 보면 나뭇잎을 갉아 먹는 벌레나 밥을 축내는 나나 별반 다를 바 없는 곤충일 것"이라고 한다. "알을 슬어내기 위해 일생을 바치는 벌레들처럼" 시인 자신도 시를 통해 자신의 삶을 슬어내고 있다는 것이다. 벌레와 나를 일체화하고 동일화하는 것이다.

벌레들이 "계절을 몸으로 읽고 살아"가는 것처럼 시인 자신도 "그 벌레들처럼 삶의 계절을 제대로 찾아가고 있는지 모르겠다"는 시인은 벌레 알과 내 시를 대응시키며 자연의 계절과 삶의 계절을 등치시킨다. 이런 '벌레/나', '벌레 알/내가 쓴 시', '자연의 계절/삶의 계절', 즉 대상과 나를 일체화하는 물아일체의 비유적 방식은 그가 시를 구성하는 주요 방법 가운데 하나다. 이런 방법의 사례를 잘

보여주는 시가 「내 시는」이다.

벌들도 한 번 쏘면 쏜 침이 빠져나가
목숨을 버리고서 죽어간다 말하는데
내 시는 아무리 써도 그런 독이 하나 없다

물도 끓다 보면 제 몸을 달달 볶아
허공을 오르고자 몸부림을 다 치는데
내 시는 끓고 끓어도 내 맘 하나 못 익힌다

내 시는 애초부터 나뭇잎이나 갉아 먹고
때 되면 알을 슬어 살아가는 벌레인지
오늘도 송충이처럼 내 가슴만 물어뜯는다
–「내 시는」 전문

시인의 시론 격인 위 시의 1연은 벌의 생태적 특성을 시인의 시 쓰기에 비유하고 있다. 벌과 같이 생명까지 바치는 혼신을 다한 투혼이 부족한 자신의 시에 대한 자세를 반성하고 있다. 2연은 물의 특성을 가지고 자신을 비유한다. 물은 온도가 올라가면 제 몸을 달달 볶아대며 수증기로 공중에 올라가 사라진다. 자기를 증발할 때까지 뜨겁게 달구는 물의 특성을 마음을 끓이는 것으로 비유한다. 자기 자신의 마음을 증발시킬 때까지 달구어 시를 써야 하는데 그러지 못하고 있다는 자기반성이다. 3연에서는 시인을 벌레로, 시를 벌레가 슬어놓은 알로 비유한다. 시인은 나뭇잎을 갉아 먹고 알을 슬듯 시를 스는 벌레와 같다. 그래서 시인은 "오늘도 송충이처럼 내 가슴만 물어뜯는다"고 한다. 임영석의 시론이 담긴 이 시는 그의 다른 시들을 조망하는 데 프리즘 역할을 한다.

임 시인은 매일 한 편의 시를 소개하기 위하여 시를 읽고 감상하는 과정을 오랫동안 해왔다. 이를 제재로 하여 쓴 시가 「시 메일을 쓰며」이다.

새벽마다 일어나서 시詩 거울로 나를 보면
소경도 되어 있고 불꽃도 되어 있어
어느 게 참모습인지 구별되지 않았다

(…중략…)

넉잠 잔 누에처럼 금실 은실 칭칭 감고
죽은 듯 살다 보면 꽃향기를 찾아가게
눈부신 날개 하나는 내 몸에도 나겠지

－「시 메일을 쓰며」1연, 4연

이처럼 시로 항상 자신을 비추어 보는 일상을 진술하고 있다. 시와 한 몸이 되어 시와 자아가 구별되지 않는다는 것이다. 시와 오랜 세월을 동거하다 보니 시가 곧 나이고 내가 곧 시가 된 것이다. 등단 35년이라는 세월을 시와 한 몸이 되어 "넉잠을 잔 누에 같"이 문단의 중견으로 성장한 시인은, 이렇게 성장하기까지 졸음을 쫓아내고 읽은 책이 삶의 무게만큼 되었다고 고백한다.

누에는 잠을 자는 동안 성장한다. 잠을 자면서 새로운 피부를 만들고, 잠을 깨면 허물을 벗으며 성장한다. 성장을 다 하면 먹기를 중단하고 몸이 투명해지고 입으로 실을 뽑아내어 고치를 짓는다. 고치 속에서 스스로 번데기가 되고, 12~13일 후엔 날개가 달린 누에나방이 된다. 화자는 누에의 성장 과정을 자신의 성장에 비유하고 있다.

이처럼 임 시인의 시에는 자연이나 생태를 의인화하는, 즉 인간의 몸이나 행위로 비유하거나 수렴하는 경우가 많다. 이를테면 "나무도 귀가 있"고 "나무도 입이 있다"(「나무」), "땅속의 마그마들이 바위들의 심장이다"(「잘못된 오류들」), "외할머니 모습처럼 쏙 빼닮은 어머니가" "둥근 달로 떠 있다"(「추억」), "밥 한 끼에 목숨 걸고 이리 뛰고 저리 뛰며/ 종종댄 삶"을 뒤돌아보니 바위에 붙어 "갸우뚱 뿌리 내리고 살아가는 풍란 같다"(「풍란風蘭을 바라보며」)는 표현들이 그렇다.

> 겉으로는 일만 하다 죽어간다 말하지만
> 꽃들이 많은 달에는 채 한 달도 다 못 살고
> 꽃들의 유혹에 빠져 과로사로 죽어간다
> -「일벌에 대하여」3연

시는 일벌을 통해 사람을 이야기한다. 일벌은 수명이 60일뿐이지만 "꽃들이 많은 달"에는 한 달도 살지 못하는데, "꽃들의 유혹에 빠져 과로사로 죽어간다"고 의인화한다. 이처럼 임 시인의 창작 방법 특장은 자연현상이나 동식물 생태를 인간에 비유하는 것이다.

3

임 시인의 묘사와 심상 중심의 문장들은 아름답기 그지없다. 아마 임 시인의 시적 재능과 숙련된 문장이 최고로 발휘되는 지점이 이곳일 것이다. 시인의 묘사와 심상 중심의 시를 만날 때 오랫동안 절차탁마해 온 그의 언어능

력과 기량이 한층 돋보인다. 이곳저곳에서 빛을 발하는 문장들 가운데 「안흥 찐빵」은 시단에서 근래 보기 드문 수작이라는 생각이다.

> 안흥의 보름달은 수백 개의 알을 슬어
> 날마다 가마솥에서 제 새끼를 키워내면
> 가마솥 불이 나도록 그 새끼를 잡아 판다
>
> 보름달이 슬어놓은 안흥 찐빵 얼굴은
> 눈도 코도 둥글둥글 입도 귀도 둥글둥글
> 형 아우 구분 못 하게 다 똑같이 생겼다
>
> –「안흥 찐빵」 전문

> 갈매기가 바다 한 쪽, 뚝 떼 물고 날아간다
> 제 입의 크기만큼 물어뜯은 그 자리에
> 별빛이 와서 눕고는 떠날 줄을 모른다
>
> –「바다 한 쪽」 1연

찐빵을 보름달이 솥에 슬어놓은 수백 개의 알로 상상하는 것 자체가 새로운 발견이고 독자를 매혹에 빠뜨린다. 보름달은 날마다 가마솥에서 제 새끼를 키우고, 사람은 그 새끼를 불이 나도록 열심히 잡아서 판다는 발상이 즐거움을 준다. 보름달이 슬어놓은 안흥 찐빵의 얼굴은 눈과 코와 귀와 입이 둥글둥글하다는 표현도 보름달을 연상하게 한다. 보름달이 낳은 아이들이니 당연히 외모가 보름달과 닮았을 것이다.

찐빵을 만든 시간은 다르나 크기와 모양이 보름달과 똑같이 둥글다는 문장을 읽어가면서 우리는 하늘에 떠 있는 보름달과, 김이 푹푹 나는 솥 안에 모여 있는 작고 둥근 찐빵들의 정경을 떠올리게 된다. 신선한 발상과 심상, 자연스러운 서사가 좋은 시의 여건을 갖추고 있다. 역시 심상은 좋은 시를 만드는 주요 방식 가운데 하나다.

「바다 한 쪽」 역시 세밀한 묘사와 심상으로 구성한 수작이다. 갈매기가 바다 한 쪽을 뚝 떼어 물고 날아간다는 감각이 절창이다. 그것도 제 입의 크기만큼 물어뜯고 그 자리에 별빛이 와서 눕는다는 시각과 정치한 묘사에 무릎을 치지 않을 수 없다. 2연에서는 파도가 별빛을 밀어내려 아우성친다는 청각, 등대는 그 자리에서 알은척도 안 한다는 능청스러운 표현, 3연에서는 어부가 바다에 그물을 펴지만 별빛은 다 놓치고 파도 소리만 주워 담았다는 심상이 아름다울 뿐이다.

말맛이 풍성하고 안타까운 시 「늦가을에」 또한 마찬가

지다. 아름다움이 시를 오래 기억하게 한다. 수첩에 적어 놓고 애지중지하고 싶은 시다.

> 햇살이 아까워서 말린 곡식을 또 말리고
> 바람이 아까워서 까분 깨를 또 까분다
> 이렇게 아까운 것만 자꾸 눈에 들어온다
>
> 달빛이 아까워서 새벽까지 잠을 설치고
> 별빛이 아까워서 발만 동동 구르는 데
> 아내는 아까운 마음 동치미로 담가둔다
> -「늦가을에」 전문

시골 늦가을 빛이 가득한 정경이 떠오른다. 시인의 능숙한 표현이, 숙련된 언어 장인의 솜씨가 아름답게 눈에 들어온다. 그렇다, 늦가을 햇살은 함부로 쓰기에 아깝다. 그래서 사람들은 말린 곡식을 또 말리고 까분 깨를 또 까분다. 화자는 늦가을 달빛이 아까워서 잠을 설치고 별빛이 아까워서 발을 동동 구른다. 화자의 아내가 아까운 마음을 동치미로 담근다는 표현도 오래 기억할 만하다. 시적 거리 때문일 것이다.

표제작인 「참맛」은 시인이 말의 맛과 효용에 대하여 얼마나 많은 고민을 하고 공부했는가를 적실히 나타내 준다. 언어 활용에 능숙한 장인답다.

말 속에 뼈가 있어도
그 뼈는 귀가 고르고

눈과 코가 못 먹으면
음식이라 할 수 없다

참맛은
뼈 있는 말을
가슴으로 먹는 거다
–「참맛」 전문

묘사와 심상을 넘어선 이 시는 말의 실용성과 윤리성, 문학성이 어울리며 묘한 맛을 낸다. 말 속에 있는 뼈를 귀가 고른다는 발상, 눈과 코가 못 먹으면 음식이라고 할 수 없다는 확신, 뼈 있는 말은 가슴으로 먹는 것이라는 논리가 낯설다. 이 낯선 문장이 시를 가능하게 한다.

4

시집의 '시인의 말'에서 빈번하게 언급되는 '허공'을 주목할 필요가 있다. "허공에 꽃을 피워 던져놓고"라거나, "그 마음을 풀지 못하고 허공에 꽁꽁 묶어놓고", "허공을 풀어내라는 주제", "그 허공 천 년을 살아가는 반계리 은행나무처럼" 등 반복되는 허공을 통해 보여주는 시인의 허공의식은 이번 시집의 핵심 주제이기도 하다.

임 시인의 시에는 꽃이 많이 등장하는데, 이는 벌레와 곤충의 알과 대응하며 대등한 지위와 비중을 갖는다. 암수가 교미하고 알을 낳는 시기가 벌레와 곤충의 생에서 가장 벌레와 곤충다운, 아름다운 극점일지 모른다. 꽃 역시 싹이 터서 잎이 나고 꽃대가 자라 꽃봉오리를 피우는 시기가 식물의 극점일 것이다. 꽃은 인생의 극점에 대한 비유이다. 무르익은 인생의 비유다.

벌레가 죽고 꽃이 지듯이 모든 인생은 나름대로 인생의 최고 극점까지 올랐다가 떨어진다. 벌레와 꽃과 사람이 진 자리에는 아무것도 없다. 허공일 뿐이다. 허무이고 화무십일홍이다. 인생무상이다. 이런 허공이 시 「거돈사지居頓寺址에서」「탁본」「세상 끝」「참깨밭에서」에서 반복된다.

절이 크고 웅장해도 허공에 지은 절들은
빗방울 하나에도 휘어지고 삭았는지
거돈사 절 마당에는 내린 눈도 안 쌓인다
–「거돈사지에서」1연

저 별들 수만 년을 허공에 떠돌면서
세상일 다 보고도 못 본 척 두 눈 감고
외로운 사람 가슴에 매일 와서 놀고 간다
–「탁본」3연

절망이란 절벽에는, 고독이란 허공에는
수만 번 왔다 가는 메아리의 길 외에도
세상 끝 아니라 하는 별빛들이 빛난다
–「세상 끝」3연

참으로 근사하고 황홀한 방법이다
참깨밭 참깨꽃을 허공에 던져놓고
참맛을 낚아내는 게 말이나 되는 건가

범종처럼 매달아서 등꽃처럼 매달아서

허공에 던져놓고 기다리는 저 배짱은
이 세상 어느 누구도 할 수 없는 낚시다
–「참깨밭에서」 2연, 3연

참깨밭에서 꽃은 참맛을 낚아내는 미끼다. 참깨밭이 참깨꽃을 범종처럼 등꽃처럼 매달아서 허공에 미끼로 던져놓고 고소한 맛을 낚기 위해 기다리는 것은 어느 누구도 할 수 없는 낚시 방법이라고 한다. 불교를 두 글자로 표현하면 '마음'이다. 마음은 불교의 핵심 교리이다.

어느 자리, 어느 상황에 처하건 마음이 중요하다. 시 「세상 끝」에서 마음을 밝게 앉히지 못하면 그 자리가 밤이라고, 즉 무명이라고 한다. 무명은 지혜가 없는 것을 비유한다. 지혜가 없는 사람을 일컫는다. 그래서 마음이 밝아지려면 깨달아야 한다. 시인은 '절망과 절벽/고독과 허공'을 대응시킨다. 고독과 허공은 혈연관계다. 그리고 고독과 허공은 상식과 다르게 세상의 끝이 아니다. 별은 허공에서 빛난다.

「탁본」의 시어들은 아름답다. 아름다운 문장을 읽는 쾌감이 있다. 인류가 시를 발명한 이유다. 우리가 시를 읽는 한 이유이기도 하다. "내 삶을 탁본 뜨면 어떤 모습이 보일까/ 저 별도 어느 누가 검은 먹물 탕탕 찍어/ 탁본을 곱게 뜨는데 그 빛이 너무 곱다"고 한다. 검은 먹은 하늘을, 빛은 별을 두고 하는 말이다. 화자는 자신의 마음을 탁본하여 봤으나 검은 어둠뿐이었다고 절규한다. 별들은 수만 년을 허공에 떠돌면서 세상 사람들 모습을 다 내려다보고서도 잘하고 잘못하는 것을 시시비비하지 않는다. 그냥 세상사 모든 걸 눈감아 주고 "외로운 사람 가슴에 매일 와서 놀고" 갈 뿐이다.

시인은 거돈사지에서 절이 아무리 크고 웅장해도 허공에 지은 절들은 빗방울 하나에도 휘어지는 허약함을 보여준다는 발견을 했다. 시인의 세밀한 관찰이 돋보인다. 대상을 보지 말고 관찰하라는 말이 떠오른다. 진리는 관찰에 있다. 관찰은 창작의 처음이고 기본이다. 묘사 이전에 관찰이다. 화자는 허공에 지어진 절 마당에는 내린 눈도 쌓이지 않는다는 발견으로 시 한 채를 지었다.

이렇게 쉬어 갈 걸 왜 그렇게 종종댔나
씨 안 맺으면 어떻다고 땡볕에 서 있었나
마음의 오두막들이 어둠 속에 잠긴다

벗들은 제 살길을 찾아서 떠나가고
고향은 타향으로 다 기울어져 가는데

언제나 망부석처럼 서 있는 빈 꽃병

친구들 생각나면 꽃 한 다발 사가지고
망부석 꽃병에다 꽃들을 꽂고 보면
아직도 피고 있는지 옛 모습이 은은하다
–「꽃병을 바라보며」 전문

임영석의 이번 시집 주제인 허공의식은 시 「꽃병을 바라보며」로 대미를 장식한다. 화자는 꽃이 없는 빈 꽃병을 바라보며, 어차피 허공으로 사라지는 인생인데 너무 종종대며 살지 말자고 한다. 화자도 나이를 먹었고, 벗들은 자기가 살길을 찾아 고향을 떠난 지 오래되었다. 이제 고향은 타향같이 낯설다. 고향은 이제 모두 떠나 "빈 꽃병"과 같이 텅 비어 있다.

5

임영석의 허공의식은 불교에서 가져왔을지도 모른다는 혐의가 매우 짙다. 아니나 다를까 그의 시집 속에는 많은 시들이 불교의 제재와 관련된다. 이를테면 「고달사지高達寺址 승탑僧塔 앞에서」 「관음사 백팔염주」 「미륵불 앞에서」「벗에게」「푸른 만장輓章」「슬픔보다 기쁨이 더 예쁘다」 같은 시들이다.

「고달사지 승탑 앞에서」 화자는 1연에서 "바람도 봄바람은 고달사 절에 오면/ 한 사흘 머물면서 돌이 되고 싶을 건데/ 무엇을 잘못했는지 매만 맞고 돌아선다"며 승탑을 스쳐 가는 바람을 형상하고 있다. 여주 고달사에 온 봄바람과 승탑과 화자, 승탑에 새겨진 용과 돌거북을 통해 승탑만 남아 있는 폐사지의 봄을 노래하고 있다.

관음사 백팔염주는 "하나의 크기로도/ 바위 같은 무게"를 가진, "손으로/ 돌릴 수 없는", 국내에서 규모가 가장 큰 대형의 염주 알이라고 한다. 화자는 이런 염주 알을 "발걸음을 따라 돌며" 마음으로 굴려본다. 관음사 부처님 역시 바윗덩이같이 큰 염주를 돌리며 "빙그레/ 웃고 계"신다는 상상력이 재미있다.

> 나는 언제 돌을 쪼아 저 미륵을 만들 거며
> 나는 언제 세상 모습 황사처럼 다 가릴까
> 저 미륵 만든 사람은 이미 부처 되었겠다
> –「미륵불 앞에서 – 원주 귀래면 주포리 미륵불」 3연

> 향나무 소나무는 제 잎을 확 못 펴서

염주 알로 구르다가 서까래를 떠받치다가
마음을 가꾸는 사람 등신불로 와 앉는다
–「푸른 만장」 2연

「미륵불 앞에서」에서 화자는 인생의 길에서 "방향을 잃고" 망설이는 자신의 "가슴에/ 삶이란 돌덩이"를 내놓으며, "미륵도 처음에는 단단한 돌이었"다는 것에서 동질감을 느낀다. 그러면서 화자는 언제 돌을 쪼아서 저 미륵을 만들겠냐고 한다.

나뭇잎을 푸른 만장으로 비유한 시 「푸른 만장」에서는 나무들처럼 푸른 만장을 내걸고 언제든지 목숨을 내려놓을 듯 살아가라는 조언이다.

시에서 불교를 이해하고 형상하는 임영석의 능력은 이만저만 아니다. 시 「슬픔보다 기쁨이 더 예쁘다」와 「벗에게」는 관념적인 불교정신을 구체적으로 형상한 대표적 작품이라고 할 수 있다.

물만 먹고 자라는 콩나물을 키워보면
슬픈 날 물을 주면 슬프게 자라지만
기쁜 날 물을 주면은 기쁜 만큼 키가 큰다

물은 항상 그 물이고 내 마음이 다른데도
콩나물은 물속에서 내 마음을 알아내어
기쁘게 물을 안 주면 물 한 모금 안 먹는다
—「슬픔보다 기쁨이 더 예쁘다」1연, 2연

술맛도 내 몸에서 이겨내야 제맛이고
음식도 내 입에서 잘 씹어야 참맛인데
욕망을 가득 물고서 무슨 맛을 볼 것인가

그대의 무욕無慾 앞엔 사는 맛이 깊을 거고
그대의 과욕過慾 앞엔 쓴 입맛이 밸 건데
입맛이 있고 없는 게 어디 혀만 탓할 일인가
—「벗에게」전문

시「슬픔보다 기쁨이 더 예쁘다」는 평범한 일상생활 경험을 불교 주제인 물아일체와 이심전심으로 수렴하고 형상한 작품이다. 식물에게 물을 줄 때 즐거운 마음으로 물을 주면 잘 자라지만, 그러지 않으면 시들거나 잘 자라지 않는다는 것은 실험을 통해 증명된 사례가 있다. 벼들은 농부의 발자국 소리를 들으며 자란다고 하지 않는가? 정성의 다른 표현일 것이다.

사물을 대하는 인간의 마음은 사람에게 옮겨 가듯 사물에게 그대로 옮겨 간다. 아무튼 성철 스님의 오도송처럼 산은 산이고 물은 물이다. 다만 사람의 마음이 변덕스러울 뿐이다. 임 시인의 시에서도 물은 그대로 물이고 식물은 그대로 식물이고 콩나물은 그대로 콩나물이다. 다만 물을 주는 사람의 마음이 다를 뿐이다. 그러니까 일체유심조, 모든 것이 마음먹기에 따라 다른 것이다.

욕망은 바른 삶을 방해한다. 시 「벗에게」는 욕망을 입에 가득 물고 있으면 술맛이든 음식 맛이든 제대로 맛볼 수 없다는 시인의 메시지다. 무욕의 삶, 욕망을 내려놓는 삶만이 인생의 참맛을 알 수 있다는 제안이다. 사는 맛이 깊어지려면 무욕해야 한다. 과욕하면 입이 쓰다. 과욕하면 진정한 인생의 맛을 볼 수 없다.

6

지금까지 살펴본 임영석 시의 특징은 대략 네 가지로 정리된다. 첫째가 시를 구성하면서 자연현상이나 동식물의 생태를 자신의 심정이나 보편적 인간의 사건으로 비유하는 방식이다. 둘째는 시적 대상을 정치하게 묘사하고 심상화하는 방식이다. 셋째가 사물이나 인생에 대한 인식으로서 허공의식이다. 그리고 마지막으로 불교 제재를 시에 적극 수용하는 것이다.

시인이 시를 짓는 행위는 벌레나 곤충들이 알을 슬어내는 것과 같다. 알에서 깨어나 성장하여 다시 알을 슬어내는 것이다. 임영석은 이런 비유를 '시인의 말'이나 다른 시편에서 형상하고 있다. 시인이 발견한 나름의 시론이다. 이런 알의 비유뿐만 아니라 벌이 침을 쏘고 죽어가는 현상에서 혼신을 다한 시적 투지를 강조하기도 한다.

자연현상과 생태를 인간존재와 사건으로 수렴하고 비유, 물아일체의 경지에 이르기도 하는 임 시인은 숙련된 문장으로 심상과 서사를 아름답게 창조해 낸다. 묘사와 심상으로 형상한 시인의 언어와 서사가 아름답다. 어쩌면 그의 시는 이 지점에서 가장 빛을 발한다. 「안흥 찐빵」과 「바다 한 쪽」 그리고 「늦가을에」 같은 수작들이 모두 이 영역에서 쏟아진다.

자연이나 인간의 모든 생의 극점에 이르러 피는 꽃, 그 꽃이 진 자리에는 허공이 똬리를 틀고 있다. 허공은 아무것도 없는 것이 아니다. 허공도 존재다. 색즉시공 공즉시색의 공이 존재하는 것처럼. 눈에 보이는 모든 사물의 끝은 허공이 아니라 허공으로 존재한다. 임 시인의 시에는 허공이라는 깨달음에 이르는 시들이 많다.

시집 속의 허공은 불교적 사유에서 기원한다. 허공이라는 주제적 깨달음과 불교적 사유는 불교에 대한 관심과 탐구, 불교 제재로 많은 시를 써낸 과정이 있어서 가능할 것이다. 자신의 삶을 허공의 직전인 극점까지 끌어올려 시로 형상하려는 노력을 부단히 하고 있는 시인의 모습이 시의 행간 곳곳에 보인다. 많은 독자에게 사랑받는 시인이 되기를 기원한다.